# LA MORT

## DE HENRI IV.

# LA MORT

## DE HENRI QUATRE,

### POÈME,

PAR Mʳⁱᵉ.-J.-J. VICTORIN FABRE.

A PARIS,

DE L'IMPRIMERIE DE FARGE,

CLOITRE SAINT-BENOIT, Nᵒ 2.

1808.

# AVANT-PROPOS

Nos annales, quoi qu'on ait pu dire, offrent des sujets d'Epopée; notre langue est la langue universelle; nos grands maîtres sont devenus des autorités dans toutes les Littératures. Pourquoi dans le premier genre de Poésie, dans ces vastes compositions dont une seule suffit pour illustrer un peuple, sommes-nous donc restés inférieurs, non seulement aux anciens, mais à quelques nations modernes? « Oserai-je le dire? répond Voltaire, qui s'était fait la même question, c'est que de toutes les nations polies la nôtre est la moins poétique. Les ouvrages en vers qui sont les plus à la mode en France sont les pièces de théâtre : ces pièces doivent être écrites dans un style naturel qui approche assez de celui de la conversation. » Mais il ajoute : « Despréaux n'a jamais traité que des sujets didactiques, qui demandent de la simplicité : on sait que l'exactitude et l'élégance font le mérite de ses vers, comme de ceux de Racine ; et lorsque Despréaux a voulu s'élever dans une Ode, il n'a plus été Despréaux.» Ici l'illustre critique se trompe , ou du moins me paraît se tromper. Les grands classiques de notre Scène ; Corneille, dans les récits d'*Horace*, de *Cinna*, de *Pompée* ; Racine, dans les récits de *Mithridate*, d'*Iphigénie*, de *Phèdre*, dans tout ce rôle unique de Phèdre, et dans des scènes entières d'*Athalie* ; Boileau dans sa quatrième Épître, et plus encore dans *le Lutrin*, avaient montré que la langue française peut s'élever à la haute poésie. Mais ces grands hommes ne donnèrent point l'Epopée à la France , ils se contentèrent de prouver qu'elle pouvait l'avoir un jour.

Voltaire la lui donna. Mais Voltaire, qui disposa son Poème trop précipitamment peut-être, et sans avoir assez médité son sujet, a laissé dans *la Henriade* un ouvrage où , quels que soient d'ailleurs l'éclat et l'élégance des détails, l'on trouve rarement, ce me semble, les grandes et majestueuses proportions de l'Epopée antique.

L'exemple de Voltaire lui-même entraîna

bientôt tous les talens dans la carrière dramatique, où ce grand homme avait moissonné tant de palmes. On crut enfin découvrir un nouveau genre de compositions poétiques ; et ce qu'on appelle aujourd'hui la *Poésie descriptive* s'empara presque exclusivement de ceux qui ne s'étaient pas voués au théâtre. L'Epopée fut rarement tentée ; l'on abandonna jusqu'aux études épiques, si utiles à quiconque veūt être vraiment Poète, dans quelque genre de composition que s'exerce son génie ; et qu'on reconnaît dans nos maîtres, à la grandeur du dessin et à la richesse des couleurs.

Vers la fin du dernier siècle on parut y revenir. Tandis que des Poètes habiles transportaient dans notre langue, avec autant de succès que de talent, des Epopées étrangères, d'autres Poètes, célèbres dans divers genres, tentaient des Epopées originales, attendues encore avec impatience, et destinées sans doute à faire la gloire du siècle qui vient de s'ouvrir. Pour moi, faible, et trop au-dessous d'une si haute entreprise, j'ai dû me borner à ces études épiques dont je viens de rappeler l'utilité. C'est donc comme une *étude* que je donne aujourd'hui ce Poème, écrit peu de temps après la représentation du *Henri quatre* de M. Legouvé, qui, par son brillant succès et ses beautés vivement applaudies, avait ramené tous les entretiens sur ce Prince, dont le nom fait encore battre les cœurs fançais. Il y a dix-huit ou vingt mois que je croyais avoir fini mon Poème : quelques-uns de nos hommes de lettres les plus distingués peuvent même se souvenir d'en avoir entendu la lecture à cette époque. Je l'ai retouché depuis à différentes reprises ; et j'ai souvent éprouvé en m'efforçant de le rendre supportable, qu'il ne suffit pas, pour s'élever au style de l'Epopée, d'avoir essayé de répandre quelques fleurs sur des sujets didactiques.

Celui de ce Poème est séduisant sans doute ; mais la sévérité du genre dans lequel je me proposais de le traiter rendait l'exécution difficile : je voulais faire une *narration d'Epopée*. Comment donner à cette narration un caractère propre, et qui la distinguât des *récits dramatiques*, tels que ceux d'Iphigénie et de Phèdre , où l'on trouve non seulement toutes les grandes formes du style épique; mais aussi le merveilleux de l'Epopée? Il me parut qu'on ne pouvait y parvenir qu'en retraçant une action dont les moteurs fussent des êtres surnaturels, ce qui est le caractère distinctif des compositions épiques. Il me parut aussi que pour conserver sa vraisemblance à un sujet si récent, et son intérêt à un sujet national, il fallait que ces agens surnaturels ne fussent que des êtres métaphysiques, et le merveilleux une allégorie.

Mais l'allégorie sera toujours froide, si l'on ne donne d'abord une physionomie très-prononcée aux personnages allégoriques , et si, les rappelant ensuite dans tout le cours de l'action , l'on ne les présente souvent , et toujours sous les mêmes formes, à l'imagination du lecteur , où ils finissent par se graver, se réaliser, en quelque sorte, et revêtir *un corps*, *un visage*, une vie de convention. Or, comment produire de tels effets dans une composition si courte? Il aurait été sans doute déraisonnable d'y prétendre. Ainsi, ne pouvant pas créer des divinités nouvelles , je devais du moins en faire agir dont l'existence poétique ne fût contestée de personne. Des convenances particulières au sujet ont encore déterminé mon choix. Le héros de la Henriade est le mien : la Henriade est connue de tous ceux qui lisent ; ses acteurs allégoriques sont présens à la mémoire de tous les amis des vers : les ramener sur la scène, c'était, dans un pareil sujet , donner une suite naturelle à leurs actions les plus célèbres. Leur intervention, à laquelle on se trouvait préparé par le titre même de l'Ouvrage, devait réveiller des souvenirs, dangereux sans doute pour le Poëte , mais faits peut-être pour répandre sur le merveilleux du Poëme un certain intérêt d'emprunt, une apparence de vérité, qu'il n'aurait point eus sans cela : et , persuadé que je devais me borner au merveilleux allégorique, j'ai pensé devoir aussi me rapprocher, autant qu'il était possible, du merveilleux de la Henriade.

J'ai cru ne point m'écarter de ce double but en peignant l'ambition espagnole qui, alarmée des projets de Henri, vient exciter le fanatisme français à la vengeance; et le fanatisme des ligueurs qui met aux mains de Ravaillac *le couteau parricide*. Ici l'allégorie est si claire qu'elle semble presque se confondre avec la narration historique : et non seulement le Fanatisme est le principal agent de l'action comme dans la plus belle fiction de *la Henriade*; non seulement il arme Ravaillac pour le meurtre de Henri IV, comme il avait armé Clément pour l'assassinat de Henri III; mais c'est par le souvenir de cet attentat même que l'Ambition lui rend son audace, et rallume ses fureurs:

> .............. Lève la tête! et vois
> Le trône de Henri teint du sang de Valois;

et c'est encore sous les traits de Clément que le Fanatisme apparaît à Ravaillac, la tête de ce même Valois à la main.

En me permettant la fiction ou plutôt l'allégorie, je me suis cependant fait un devoir de suivre presque en tout l'*historique* d'un événement si près de nous. Cette fidélité dans les circonstances principales pouvait seule conserver à mon récit cet intérêt, ce charme heureux, qui vient se répandre sur tout ce qu'embellit le nom de Henri IV. Je me suis efforcé de ne rien omettre de ce qui pouvait concourir à l'illusion ; et j'oserais affirmer qu'il n'y a pas un détail essentiel dans l'Histoire qui ne soit au moins indiqué dans ce Poëme. Ceux qui savent quels étaient ces détails, et quelle est notre langue poétique, apprécieront les difficultés qui se présentaient à chaque instant. Ceux qui voudront juger de ma fidélité, peuvent confronter le texte avec les notes que j'ai mises à la suite de l'ouvrage. J'aurai soin d'indiquer les sources où l'on peut puiser les éclaircissemens qui demanderaient trop d'étendue pour de simples notes.

Quant à l'étendue que j'ai donnée à ce Poëme, dont le titre ne semble annoncer que le récit de l'assassinat, j'ose dire qu'en se bornant à ce récit, on ne pouvait produire qu'un fragment où tout l'intérêt du sujet se serait évanoui, parce qu'il naurait pas été préparé. Rappeler les exploits et le règne heureux de Henri IV, exposer le grand projet politique dont il préparait l'exécution au moment où il mourut sous le fer de l'assassin, et dont l'accomplissement, supposé qu'il fût possible, devait assurer à jamais le repos, le bonheur de l'Europe, et peut-être du genre humain; montrer dans ce projet si grand, si généreux, la première cause de sa mort; annoncer cette mort qui se jure, se prépare, s'avance par degrés, que des pressentimens lui révèlent, et qui vient enfin le frapper au milieu des pompes et des fêtes, entre les bras d'un peuple dont il est la gloire et l'amour; telles sont les préparations qui m'ont paru nécessaires pour donner au récit de l'assassinat l'effet qu'il devait produire, et pour conserver à un tel sujet tout l'intérêt qu'il semble promettre. *Le cœur ne saigne que par degrés,* a dit un grand maître tragique; cela est vrai, non seulement dans la tragédie, mais dans toute espèce de composition. Dailleurs, tout Poème d'action doit-être, en quelque sorte, un Drame qui ait aussi son exposition, son nœud et son dénouement : point d'intérêt sans cela.

Je n'ajouterai qu'un mot à ces réflexions déjà trop longues. J'ai peint un fanatisme factieux et régicide : nos historiens, et surtout Bossuet (*a*), en ont dit plus que moi. Tous les Mémoires du temps contiennent des révélations qui font frémir. A ces fureurs que la religion abhorre, j'ai opposé l'autorité de la religion elle-même : je l'ai peinte *arrosant de ses pleurs l'autel que le sang a souillé.* J'aime à croire qu'à de pareils traits aucun de ses vrais partisans ne pourra la méconnaître.

A Paris, ce 29 septembre 1808.

---

(*a*) Voyez l'Abrégé de l'Histoire de France, composé pour l'éducation du Dauphin ( règne de Charles IX, etc.), ou les *Mémoires pour servir à l'Histoire de notre Littérature.* ( Article Bossuet. )

# LA MORT

## DE HENRI IV,

### POÈME.

---

*Quantos ille virûm magnam Mavortis ad urbem*
*campus aget gemitus! vel quæ, Tiberine! videbis*
*Funera, quùm tumulum prœterlabere recentem!*

ÆNEID. Lib. VI.

---

DE la poudre des camps élevé par les lois

Au trône ensanglanté des malheureux Valois,

Et des plaines d'Ivri, théâtre de sa gloire,

Dans Paris révolté conduit par la victoire,

Henri des factions avait calmé les flots.

Ses pardons généreux désarmaient les complots :

Et la France à ses lois par les bienfaits soumise,

Sur son trône adoré voyait la paix assise.

Aujourd'hui des combats méditant les apprêts,

Il veut par la victoire éterniser la paix.

Du sang de Charles-Quint l'audace héréditaire

Rendait de sa grandeur l'Europe tributaire :

Fier de sa politique et d'un siècle d'exploits,

Il affectait l'Empire et commandait aux Rois.

Henri, sur les débris de sa vaste puissance,

De vingt peuples rivaux veut former l'alliance ;

Il veut, pour affermir ce pacte solennel,

Qu'un tribunal sacré, sénat universel,

Des querelles des Rois arbitre tutélaire,

Les dépouille du glaive et du droit de la guerre (1).


Tels étaient de Henri les sublimes desseins.

La foudre des combats allumée en ses mains,

Menaçait de Madrid la grandeur oppressive :

Vienne s'en alarmait : et l'Europe attentive,

Le bras armé du glaive et l'œil sur l'avenir,

Aux desseins de Henri demandait à s'unir.


Aux remparts de Madrid, dans ce palais antique

Qui dore ses lambris des tributs du Mexique,

Où , des nouveaux Césars l'héritier conquérant ,

Charles (a) que des succès entraîna le torrent ,

Redouté sur la terre , opulent sur les ondes ,

Crut jadis l'un par l'autre asservir les deux mondes ;

L'Ambition , veillant dans le calme des nuits ,

L'œil fixe , le front pâle , et sillonné d'ennuis ;

Et le bras étendu sur des foudres muettes ,

Pensive , s'entourait de couronnes sujettes ,

Rêvait l'Europe esclave ; et , pour payer ses fers ,

Appelait les trésors du Nouvel Univers.

Des projets de Henri la nouvelle semée

Vient frapper tout à coup son oreille alarmée.

A ce trouble soudain succède la fureur.

Sur son rapide char que guide la Terreur

Elle monte , et fend l'air ; sa cruelle espérance

Cherche le Fanatisme aux rives de la France (2).

Ce Monstre sur nos bords souillés de ses forfaits

Long-temps souffla la guerre , ensanglanta la paix.

---

(a) Charles-Quint.

Superbe , on vit briller sur sa tête inhumaine

La mitre épiscopale , et la pourpre romaine ;

Assis dans le sénat, il nous donna ses lois ;

Il monta plus terrible au trône de nos Rois :

Le sceptre conspira dans ses mains parricides ;

Au signal que donnaient les flambeaux homicides ,

L'airain sacré sonna le meurtre fraternel ;

Et le poignard pieux s'aiguisa sur l'autel (3).

Mais ces temps ne sont plus. La Religion sainte

Prêche l'humanité par le faux zèle éteinte ;

Ses pleurs lavent l'autel que le sang a souillé.

Le Fanatisme obscur, et d'honneurs dépouillé ,

S'exile de la cour, se bannit de la chaire ,

Son repentir trompeur a revêtu la haire.

Mais au retour des nuits, dans les cloîtres errant,

Il insulte aux bienfaits d'un règne tolérant :

Son repos le dévore ; et sous ces voûtes sombres

Du feu de ses regards il sillonne les ombres.


Soudain l'Ambition se présente à ses yeux.

« Ce n'est donc point assez qu'un Prince audacieux,

» Dit-elle, assis en paix sur nos foudres dormantes,

» Etouffe dans Paris nos ligues renaissantes ?

» De l'Europe et du monde il pense nous bannir ;

» Son glaive.... par le glaive il le faut prévenir !

» Et tu dors ! et déchu de ta valeur première,

» De ces cloîtres obscurs tu foules la poussière !

» Ah ! jadis plus heureux, plus jaloux de tes droits,

» Tu marchais sur la pourpre, et tu faisais les Rois !

» Rappelle-toi ces jours où tes mains triomphantes

» Donnaient, ôtaient, rendaient les couronnes flottantes :

» Et, pour dire encor plus, lève la tête et vois

» Le trône de Henri teint du sang de Valois. »

A ce nom, l'œil brûlant d'audace et de colère,

Le Monstre environné d'une affreuse lumière,

Un poignard à la main, du farouche Clément,

Prend la taille, la voix, les traits, le vêtement,

S'élance dans les airs ; et d'une aile bruyante

Fend la nue, et s'envole aux bords de la Charente.

Là vivait un mortel obscur et factieux,

Ravaillac, de Clément admirateur pieux,

Qui, nourri dans le sein des Ligueurs fanatiques,

Suça, dès le berceau, leurs poisons anarchiques (4).

Par le meurtre naguère au meurtre préparé ;

On dit que, pâle encor d'un forfait ignoré,

Il reçut, d'une bouche homicide et sanglante,

La Victime de paix sur l'autel renaissante.


Des ombres du sommeil ses yeux étaient couverts.

Soudain dans une nue, au milieu des éclairs,

De la voûte éternelle il voit Clément descendre :

C'est lui ; mais ce n'est plus ce front souillé de cendre ;

C'est d'un heureux martyr, d'un habitant des cieux,

L'œil éclatant de gloire et le front radieux.

Il porte d'une main le couteau régicide ;

Dans l'autre de Valois est la tête livide :

« Mon Roi trahit l'église ; et j'immolai mon Roi :

» Le tien l'ose imiter, dit-il, imite-moi ;

» Frappe : le ciel commande, et la victime et prête ».

A ces mots, de Valois il agite la tête,

S'avance, à Ravaillac tend le poignard sacré.

« Donne, dit l'assassin, donne, je frapperai !

» Du Dieu qui me l'envoie il remplira l'attente ,

» Ce fer ! Ciel ! il échappe à ma main frémissante ;

» Il en coule du sang !... Oui , le sang doit couler. »

Dès-lors, au parricide empressé de voler ,

Il part. Il a vu fuir dix aurores nouvelles ;

Et la dixième nuit le couvre de ses ailes :

En silence , il se glisse aux remparts de Paris.


Dans Paris cependant le plus grand des Henris

Ordonnait ces apprêts , ces fêtes politiques ,

Du sacre de nos Rois sollennités antiques.

Sur le front de Marie , ardemment attendu ,

Le diadême d'or est enfin suspendu ;

Et l'encens et les fleurs ont parfumé l'enceinte

Où sur ce front royal va couler l'huile sainte (5).

Le sceptre , le bandeau , la couronne des lis ,

Le bonheur qui se peint aux yeux de Médicis ,

Les projets du héros , ses prochaines conquêtes ,

Espoir , gloire , plaisirs , tout embellit ces fêtes.


O fêtes ! ô bonheur prompt à s'évanouir !

Le bon Roi s'étonnait de n'en pouvoir jouir.

Son cœur se remplissait d'un trouble involontaire.

En vain les jeux, en vain les apprêts de la guerre

Ont voulu détourner ses longs pressentimens.

Le Roi, maître des Rois, a compté ses momens (6).

Ces apprêts, toutefois, cette guerre annoncée,

Du destin de l'Europe occupaient sa pensée.

Chez Sully, loin du Louvre, il veut s'entretenir

Des plans où son génie enchaina l'avenir.

L'astre du jour penchait sur les plaines humides :

Aux portes du palais quatre coursiers rapides,

Liés au même char, attendaient le héros.

Ivres d'un noble orgueil, indignés du repos,

Ils semblaient partager l'allégresse publique.

Cependant l'assassin, assis sous le portique,

Dans ce char vide encore où plonge son regard,

Avait marqué de l'œil la route du poignard (7).

De sa garde suivi le Monarque s'avance.

« Que le glaive à l'Autriche annonce ma présence ! (8)

» Dit-il ; vous me suivrez dans le champ des combats.

» Mais dans Paris !... Rentrez. » Infortunés soldats !

Paris plus que Madrid est à craindre peut-être !

Mais vous, grands de sa cour, veillez sur votre maître,

Liancourt, Mirebeau, la Force, Montbazon,

Lavardin.... parmi vous j'apperçois d'Epernon !

Long-temps sujet rebelle, ennemi redoutable,

Puisse-t-il en ce jour n'être pas plus coupable !


Cependant le char fuit. Les coursiers étonnés

Parcourent dans ces murs de guirlandes ornés,

La route où Médicis, dès la deuxième aurore,

Doit, au bruit du salpêtre et de l'airain sonore,

Marcher, belle de gloire, et le front couronné.

De la royale fête emblême fortuné,

Le laurier, s'unissant à l'olive rivale,

Déjà s'arrondissait en voûte triomphale ;

Et déjà la colonne élevait dans les airs

Ses chapiteaux, d'acanthe et de palmes couverts (9).

Un peuple généreux qui, dans ces jours d'ivresse,

N'avait frappé le ciel que de chants d'allégresse,

Cortège plus flatteur que l'armée et la cour,

Environnait son Roi de bonheur et d'amour :

Et parmi ces apprêts avant-coureurs des fêtes,

Ces lauriers, qui semblaient présager les conquêtes,

S'avançaient le héros, le peuple... L'assassin

Suivait, le bras voilé, le poignard à la main (10).


Déjà, précipité dans un étroit passage,

Du Monarque, à grand bruit, le char roule et s'engage.

Le traître au même instant vers le char élancé,

Vole, lève le fer, frappe... *Je suis blessé*,

Dit le malheureux Prince ; et le couteau rapide

Replonge ; et dans son cœur achève l'homicide (11).

Son sang à gros bouillons sort de ses flancs ouverts ;

D'une soudaine nuit ses regards sont couverts.

On s'empresse, on s'écrie ; il respire peut-être !

Il n'est plus. Et la France avait changé de maître.


On court en foule, on s'arme, on saisit l'assassin.

Lui, debout, le front calme, et le fer à la main,

Les yeux levés au ciel, sans crainte et sans colère,

Semblait du sang versé demander le salaire (12).


Sur le corps du héros un long voile est jeté (13) :

En tumulte, on l'entraîne au Louvre épouvanté.

Oh ! quel deuil vient s'étendre aux rives de la Seine

Quand , sur le même char , son trépas le ramène

En ces lieux où les airs étaient encor troublés

Des accens d'allégresse à sa vue exhalés !

C'est donc là ce Monarque idole de la France ,

D'un peuple fortuné l'orgueil et l'espérance !

Hélas ! de ses neveux prévenant les revers ,

Il voulait à la paix conquérir l'univers.

Il meurt ; la tombe s'ouvre ; et dans la nuit profonde

Descendent ses projets, et le repos du monde.


Le bruit de son trépas en vain dissimulé ,

Vole , s'accroît , remplit tout Paris désolé.

Des pâles citoyens les foules éperdues (a) ,

Dans ces vastes remparts à grands flots répandues ,

Riche , pauvre , étranger , dans le tumulte errant ,

On court, on interroge , on s'écrie en pleurant :

---

(a) *Des foules* d'adversaires m'attaquèrent sans m'entendre,
etc.         *Lettre à M. de Beaumont.*
Rousseau n'a presque jamais employé ce mot de *foule*
sans lui donner un pluriel.

Il n'est plus !.. à ce cri succède un prompt silence ;

Silence interrompu par des cris de vengeance :

Calvinistes , romains , femmes , enfans , vieillards ,

Unis par la douleur , par la douleur épars ,

Les magistrats sans pompe et les soldats en armes ,

Tout se trouble , et gémit ; par-tout l'effroi , les larmes ;

Et la nuit par degrés déployant son horreur (14).

Soudain parmi les cris , le trouble , la terreur ,

Un bruit se fait entendre... O bonheur ! ô surprise !

On vient ; c'étaient les grands ; l'ombre les favorise :

« Votre roi n'est point mort ; dissipez votre effroi ;

» Peuples , il va paraître , il vient ; vive le Roi ! » (15)

« Vive le Roi ! » Ce bruit croît , s'élève , circule :

« Vive le Roi ! » répète une foule crédule.

Paris brille soudain de flambeaux allumés ;

Les temples sont ouverts ; les autels parfumés ;

L'encens brûle ; les vœux et les chants se confondent ;

Des temples éloignés les hymnes se répondent :

Au fond du sanctuaire , et sous ses voûtes d'or ,

Ces cris : « Vive le Roi ! » retentissent encor.

Vive le Roi ?.. Venez , peuple crédule et tendre ,

Venez le voir ce Roi qui ne peut vous entendre.

A ses restes sanglans sur la pourpre étendus,

Quelques faibles honneurs sont à peine rendus.

Les regrets n'entrent point dans ce Louvre perfide (16).

L'amour des nouveautés, une espérance avide,

L'intérêt mal caché sous de feintes douleurs,

Trahit dans tous les yeux le mensonge des pleurs.

Bientôt la vérité se montra toute entière.

Et du peuple abusé la douleur plus amère

Pleurait sa destinée et le meilleur des Rois,

Comme s'il le perdait une seconde fois.

Du palais qui l'enferme ils entourent l'enceinte.

Mais ce Louvre infidèle est muet à leur plainte :

De ses flambeaux lointains la sinistre lueur

Vient seule de leurs fronts éclairer la pâleur.

A cette lueur sombre, au milieu des ténèbres,

Un vieillard a franchi ces portiques funèbres :

Et la nuit de son sein cache les ornemens :

Sans éclat et sans suite, il approche à pas lents,

Sous le poids des regrets fléchissant de faiblesse :

Mais sa démarche encor révélait sa noblesse.

En traversant la foule émue à ses douleurs,

Ce vieillard sur ses mains sentit tomber des pleurs.

« D'un maître qui n'est plus ô louanges sincères !

» O larmes ! de Henri vrais honneurs funéraires !

» Peuple juste, dit-il, et digne d'un tel Roi !

» Quels souvenirs touchans vous réveillez en moi !

» Rappelle-toi ce temps que ta douleur expie,

» Bon peuple ! tu le sais, par une ligue impie

» Ton Roi forcé de vaincre, a pu te conquérir.

» La faim t'allait dompter, Henri vint te nourrir. »

— « Mon père, tu dis vrai ! c'était dans mon enfance,

Crie une voix soudaine : Un jeune homme s'avance :

» Ma mère allait mourir, moi, du haut des remparts,

» Je vis le pain sauveur s'élever sur des dards ;

» J'accourus, et ce pain la rendit à la vie.

» Le temps s'est écoulé ; l'âge me l'a ravie.

» Ma mère ! ah ! si le ciel eût prolongé tes jours,

» Tu maudirais d'un fils le funeste secours ! »

— « Mon fils, dit le vieillard, trop heureuse ta mère !

» Malheureux tes enfans ! » Son œil triste et sévère

Sur le Louvre attaché, le contempla long-temps.

Mais, par l'effroi vaincu, montrant ses cheveux blancs :

« Jeune homme ! vois, dit-il, je rends grâce à mon âge. »

A ces mots , le vieillard se voila le visage.

La foule sur ses pas accourait se ranger.

Tous les yeux , tous les cœurs semblaient l'interroger.

Il refusait d'aigrir leurs blessures cruelles ,

Il se taisait. Alors des serviteurs fidèles

Amènent un coursier. De douleur affaibli ,

On l'y place ; et le peuple entend nommer Sully (17).

Sully , le confident et l'ami de leur maître ,

Que ce Louvre épouvante , et qu'il maudit peut-être !

Quel soupçon ! La terreur glace tous les regards :

La foule se disperse , et fuit de toutes parts :

On eût dit qu'ils voyaient Philippe (a) et ses cohortes

De leurs murs assiégés prêts à franchir les portes.

Bientôt l'astre des nuits s'éleva dans les airs :

Il croyait n'éclairer que des remparts déserts.

Et quand son disque pâle eut fait place à l'aurore ,

Leur spacieuse enceinte était déserte encore.

---

(a) Philippe III , Roi d'Espagne.

Soudain la Renommée aux provinces en deuil

Dit la Seine éperdue , et son maître au cercueil.

Une sombre douleur remplit le sein des villes ;

Le pauvre dans les champs perdit ses nuits tranquilles ;

De la Loire tremblante au Rhône consterné ,

Le pâle effroi, l'œil morne, et le front prosterné ,

remplissait de ses cris les chaumières troublées.

Et l'habitant des monts et celui des vallées ,

Disaient au fond des bois , aux bords des flots émus :

« Nous sommes orphelins ; notre bon Roi n'est plus ! »

Ils le disaient , grand Prince , et donnaient à ta cendre

Les seuls pleurs qu'aux Français ton règne a fait ré-

    pandre.

F I N.

# NOTES.

---

### Note 1<sup>re</sup>, *page* 16.

Il veut, pour affermir ce pacte solennel ,
Qu'un tribunal sacré, sénat universel,
Des querelles des Rois arbitre tutélaire ,
Les dépouille du glaive et du droit de la guerre.

Voyez dans les *Memoires* de Sully, livre 55,
l'exposition de ce grand projet politique; l'état de
l'Europe à cette époque; les haines allumées par l'ambitieuse maison d'Autriche; les ressources, les apprêts de Henri IV, et les moyens d'exécution
qui semblaient rendre la réussite possible.

### Note 2, *page* 17.

Sur son rapide char que guide la Terreur,
Elle monte, et fend l'air, etc.

Le grand projet de Henri IV ne pouvait s'exécuter que par l'abaissement de cette maison d'Autriche si redoutée, et qui devait être encore l'effroi
de l'Europe jusqu'au ministère de Richelieu. Henri
et plusieurs Princes confédérés faisaient d'immenses

préparatifs d'attaque ; l'Espagne menacée n'en faisait aucun de défense ; point de levée de troupes, de dispositions militaires : enfin elle demeurait calme et immobile dans le danger. L'Espagne ne s'apprêtant pas à détourner l'orage, parut trop sûre de le prévenir. On prétend qu'un gouverneur espagnol ( le comte de *Fuentes* ), trouvait que rien n'était plus facile, *puisque le Roi*, disait-il, *allait souvent en carosse.*

Sully observe à ce sujet, livre 32 de ses *Mémoires* : « Que ce n'étaient ni les armes, ni un noble » désespoir que le parti autrichien avait envie » d'opposer au Prince que l'Europe avait nommé » son vengeur. Il ne fallait qu'un crime pour » abattre la tête qui donnait le mouvement à tout » ce corps ; et jamais la trahison, l'empoisonne- » ment, l'assassinat, n'avaient pu procurer un » triomphe plus digne d'eux ; triomphe honteux et » si détesté que les termes manquent pour en ex- » primer toute l'horreur ».

Mézerai se range de l'opinion de Sully, ou plutôt de l'opinion générale des écrivains contemporains. On lit dans le tome X de son *Histoire* : « La maison d'Autriche ne se mettait guère en » peine de dresser aucun préparatif pour soutenir » un si grand choc ; ce qui faisait croire qu'elle » s'attendait à quelque accident qui était imprévu

» à ses ennemis, mais dont elle avait les ressorts
» en sa main pour les lâcher dans l'extrémité. »

Mais je veux qu'on ne soit pas fondé à établir
comme une vérité historique que la cour d'Espagne a trempé dans l'assassinat de Henri. Ne l'est-on
pas du moins à peindre *l'ambition* de cette cour
excitant à la révolte et au meurtre le fanatisme des
Ligueurs et des ennemis de ce prince ? Le témoi-
gnage unanime des historiens ne peut laisser de
doute à ce sujet. On ne peut non plus douter qu'un
fanatisme inquiet et féroce n'ait armé cet infâme
Ravaillac, qui regardait comme une action méri-
toire l'assassinat d'un Roi dès-lors que ses projets
pouvaient mettre *en danger la religion chrétienne,*
*ou qu'il formait le dessein de faire la guerre au*
*Pape.* ( *Voyez* la note 5. ) Il faut d'ailleurs se rappeler que les ennemis de Henri IV avaient eu soin
de semer le bruit que tous ses grands préparatifs,
ses apprêts de guerre et de conquête, n'avaient
d'autre objet que l'abaissement de la religion catholique, et le triomphe du culte protestant.

Note 3, *page* 18.

. . . . . . . . . . . . . . . . . . . . . . . . . . . . . . . . . . . . . . . . . .

Le sceptre conspira dans ses mains parricides.;
Au signal que donnaient les flambeaux homicides ,

L'airain sacré sonna le meurtre fraternel ;
Et le poignard pieux s'aiguisa sur l'autel.

Tout ce qu'on dit ici du Fanatisme n'est qu'un résumé historique : et si cette partie de notre histoire est malheureusement trop connue pour qu'il fût possible de n'en pas parler dans le Poème, elle l'est trop aussi sans doute pour qu'on doive y revenir dans les notes.

### Note 4, *page* 20.

Qui , nourri dans le sein des ligueurs fanatiques ,
Suça , dès le berceau , leurs poisons anarchiques, etc.

«Ravaillac était natif d'Angoulême, âgé d'environ trente-deux ans, fils d'un homme de pratique, qui vivait encore pour lors. Du commencement il avait suivi le métier de son père, puis *il s'était jetté dans les Feuillans, et y avait été novice.* Mais on l'avait mis dehors pour ses rêveries extravagantes. Quelque temps après *il avait été emprisonné pour un meurtre,* dont pourtant il ne fut point convaincu. Au sortir de là il s'était remis à solliciter des procès ; et il en avait perdu un en son nom , pour une succession, si bien qu'il se résolut à enseigner à de petits enfans du menu peuple dans la ville d'Angoulême. L'austérité du cloître, l'obscurité de sa prison, la perte de son procès , et l'extrême nécessité où il se trouvait réduit, lui égarèrent l'imagination , et irritèrent de plus en plus son humeur atrabilaire. *Dès sa première jeunesse les chaleurs de la ligue , les libelles , et les sermons de ses prédicateurs lui avaient imprimé dans l'esprit une très-grande aversion pour le Roi; avec cette croyance qu'on peut tuer ceux qui mettent la religion catholique en danger, ou qui font la guerre au Pape.* Il était si fort échauffé sur ces matières-là, qu'il ne pouvait entendre prononcer le nom de *huguenot* qu'il n'en-trât en fureur. » MÉZERAI , *Abrégé chronologique.*

### NOTE 5, *page* 21.

Sur le front de Marie , ardemment attendu,
Le diadême d'or est enfin suspendu ;
Et l'encens et les fleurs ont parfumé l'enceinte
Où sur ce front royal va couler l'huile sainte.

*Le sacre et le couronnement de la Reine avaient eu lieu le 15 mai*, la veille de la mort du Roi. Jamais dans les solennités publiques, on n'avait encore étalé plus de pompe et de magnificence.

( Voyez les *Mémoires de Sully* , MATHIEU , etc.)

### NOTE 6, *page* 22.

Rien n'a pu détourner ces longs pressentimens.
Le Roi, maître des Rois a compté ses momens.

Tous les écrivains du temps rapportent diverses

paroles du Roi regardées comme autant de preuves
de ses secrets pressentimens. Tels sont ces mots qu'il
dit à la reine : « Ma mie, si cela ne se fait jeudi, je
vous assure que vendredi passé, vous ne me ver-
rez plus : non, vendredi je dirai adieu ». Une autre
fois : Passez, passez, Madame la Régente ». A la
même, qui se disposait à faire ses dévotions : Ma mie,
confessez-vous pour vous et pour moi ». Aux cour-
tisans, en leur montrant le Dauphin : « Voici votre
Roi ». En parlant de l'entrée de la Reine : « Cela ne
me touche ; je ne le verrai pas... Ne rions pas tant
le vendredi, car nous pleurerons le dimanche, etc. »
Morizot remarque qu'au couronnement de la
Reine, le peintre, au lieu d'émailler l'écusson d'ar-
gent comme le porte la maison de Médicis, le pei-
gnit, par ignorance, de couleur de châtaigne, qui
est la couleur des veuves ; et qu'au lieu de palmes,
il le ceignit de cordes entortillées, autre marque
de viduité. *Henr. Mag. page* 51.

NOTE 7 , *page* 22.

Cependant l'assassin , assis sous le portique ,
Dans ce char, vide encore , où plonge son regard ,
Avait marqué de l'œil la route du poignard.

« Ravaillac demeura longuement au Louvre,
assis sur les pierres de la porte où les laquais at-
tendent leurs maîtres, Il pensait faire son coup entre

les deux portes ; le lieu où il était lui donnait quel-
qu'avantage ; mais il trouva que le Duc d'Epernon
était en la place où il jugeait que le Roi se devait
mettre ».

Mathieu.

### Note 8, *page* 22.

Que le glaive à l'Autriche annonce ma présence ,
Dit-il , etc.

« Le Roi étant près de monter en voiture , arriva
M. de Vitry, qui lui demanda s'il plaisait à Sa
Majesté qu'il l'accompagnât. Non, lui répondit le
Roi, allez seulement où je vous ai commandé, et
m'en rapportez réponse. Pour le moins, Sire, répli-
qua Vitry, que je vous laisse mes gardes. Non, dit le
Roi, je ne veux ni de vous ni de vos gardes ; je ne
veux personne autour de moi ».

L'Etoile.

### Note 9, *page* 25.

. . . . . . . . . . . . . . . . . . . . . . . . . . . . . . . . . . . . . . .
Le laurier , s'unissant à l'olive rivale ,
Déjà s'arrondissait en voûte triomphale ;
Et déjà la colonne élevait dans les airs
Ses chapiteaux, d'acanthe et de palmes couverts.

C'était le 14 mai ; la Reine devait le surlendemain

faire son entrée dans Paris : on élevait des statues ; on dressait des arcs-de-triomphe ; et les rues où devait passer le cortége étaient *ornées de guirlandes....* Du reste, on voit dans quelques *Mémoires* du temps, que Médicis devait en effet marcher *au bruit de l'airain sonore,* et que les cloches n'avaient pas été oubliées dans ces préparatifs de fête. On remarque même qu'il y en eut une de *baptisée* à cette occasion sous le nom de *Marie,* ( prénom de Médicis. )

NOTE 10, *page* 24.

Et parmi ces apprêts avant-coureurs des fêtes,
Ces lauriers qui semblaient présager les conquêtes,
S'avançaient le héros, le peuple..... L'assassin
Suivait, le bras voilé, le poignard à la main.

Ravaillac depuis le Louvre avait constamment suivi le roi : il marchait couvert d'un manteau qui, pendant sur l'épaule gauche, lui servit à *cacher le poignard* dont sa main était armée. ( *Voyez la note suivante.* )

NOTE 11, *page.* 24.

...................... et le couteau rapide
Replonge, et dans son cœur achève l'homicide.

( Ces détails sur les circonstances de l'assassinat sont tirés de Péréfixe, de Mathieu, de l'Etoile et

( 39 )

de Rigaud , comparés et réunis ; auxquels du reste
on a conservé leur style. )

« Le carosse entrant de la rue Saint-Honoré
dans celle de la Féronnerie, qui était alors fort
étroite, et encore rétrécie par les boutiques ados-
sées au mur du cimetière des Innocens, un embarras formé par la rencontre d'une charrette
chargée de vin qui se présenta à droite, et
d'une autre chargée de foin qui venait à gauche,
l'obligea de s'arrêter dans le coin de cette rue,
vis-à-vis de l'étude d'un notaire nommé Poutrain.
Les valets de pied entrèrent dans les charniers, pour
rejoindre plus facilement le Roi, au bout de la
rue ; il n'en resta que deux à la suite du carosse ,
dont l'un s'avança pour dissiper l'embarras, et
l'autre prit ce moment pour renouer sa jarretière ».

« Ravaillac, qui avait suivi le carosse depuis le
Louvre, voyant qu'il était arrêté, et qu'il n'y
avait personne à l'entour, s'avança du côté où il
avait remarqué qu'était le Roi, *le manteau pendant sur l'épaule gauche, et lui servant à cacher
le couteau qu'il tenait dans sa main.* Il se glissa
entre les boutiques et le carosse, ainsi que faisaient ceux qui cherchaient à passer ; et, s'ap-
puyant d'un pied sur un des rais de la roue, de
l'autre sur une borne, il tira un couteau tranchant
des deux côtés, et en porta un coup au Roi, un

peu au-dessus du cœur, entre la troisième et la quatrième côte, dans le temps que ce Prince était tourné vers le Duc d'Epernon, lisant une lettre; ou, selon d'autres, vers le Maréchal de Lavardin, auquel il parlait à l'oreille. Se sentant *frappé, il s'écria* : « *Je suis blessé !* » Mais, *dans l'instant même, l'assassin* qui s'était aperçu que le couteau n'avait fait que glisser sur l'os de la côte, *redoubla d'une si grande vîtesse qu'aucun de ceux qui étaient dans le carosse n'eut le temps de s'y opposer, ni même de l'apercevoir.* Henri, en haussant le bras, ne donna que plus de prise *à ce second coup, qui porta droit dans le cœur,* selon Péréfixe et l'Etoile ; et, selon Rigaud et le Mercure Français, proche l'oreille du cœur, dans la veine-cave, qui en fut coupée. Il mourut sans pouvoir faire autre chose que pousser un grand soupir; ou, comme le dit Mathieu, proférer d'une voix éteinte ce peu de mots : *Ce n'est rien.* Le meurtrier alla jusqu'à frapper un troisième coup que le Duc d'Epernon reçut dans sa manche ».

N o t e 12, *page* 24.

. . . . . . . . . . . . . . .

Lui, debout, le front calme, et le fer à la main,
Les yeux levés au ciel, sans crainte et sans colère,
Semblait du sang versé demander le salaire.

« Chose surprenante , nul des seigneurs qui
étaient dans le carosse , n'a vu frapper le Roi,
et si ce monstre d'enfer eût jeté son couteau,
on n'eût su à qui s'en prendre ; mais il s'est tenu
là comme pour se faire voir , et pour se glorifier
du plus affreux des assassinats. »

NOTE 13, page 24.

Sur le corps du héros un long voile est jeté , etc.

On le couvrit d'un voile , disent les historiens ;
on abaissa les mantelets de la voiture ; et d'Epernon
commanda aussitôt qu'on tournât en hâte vers le
Louvre.

NOTE 14, page 26.

Des pâles citoyens les foules éperdues ,
Calvinistes , Romains , etc.

Si dans toute cette peinture de la douleur, et
bientôt de la joie trompeuse du peuple , j'ai cher-
ché des images et des couleurs nouvelles, je ne crois
point m'être écarté pour cela de la vérité historique.
Je pense n'avoir fait que suppléer au silence des
historiens , et rétablir des faits qui leur seront
échappés. Si un Tacite nous eût décrit ces scènes
d'un prompt désespoir et d'une joie plus cruelle,
que de traits caractéristiques , et propres seulement
à cette douleur filiale , à ces regrets d'un peuple

entier qui perd deux fois son père en un jour; que
de circonstances enfin négligées par nos faibles an-
nalistes, auraient donné à ses tableaux une expres-
sion vraie et vivante! Peut-on dans le récit d'un
semblable événement se borner à des peintures
générales?

NOTE 15, *page* 26.

« Votre Roi n'est point mort; dissipez votre effroi,
Peuples ! il va paraître, il vient; vive le Roi ! »

«Vers les neuf heures du soir du même jour, un
grand nombre de seigneurs allaient par la ville, et
disaient en passant: Voici le Roi qui vient; il se
porte bien, dieu merci. Comme il était nuit, le
peuple croyant que le Roi était en cette compagnie,
se mit à crier à force: *Vive le Roi.* Ce cri s'étant
communiqué d'un quartier à l'autre, toute la ville
rétentit de *Vive le Roi.* Il n'y avait que les quartiers
du Louvre et des Augustins où l'on sût la vérité. »

NOTE 16, *page* 27.

Les regrets n'entrent point dans ce Louvre perfide.

« Voici quelle fut après les trois premiers jours,
la face de ce nouveau monde. A s'arrêter au simple
dehors et à tout ce qui est fait pour attirer les yeux,
rien n'aurait paru changé au Louvre. La pompe
lugubre y paraissait avoir raffiné sur tout. Les ten-

tures dont les murailles, les planchers et les pla-
fonds étaient couverts, les meubles et tous les autres
instrumens d'un deuil public, auraient pu faire
regarder les appartemens de parade de ce palais
comme le séjour même de la tristesse et le domicile
de la mort. La chose commençait à paraître un peu
plus douteuse, lorsqu'on passait de là à examiner
le maintien des personnes destinées à faire les honneurs de cette triste cérémonie; car si parmi eux
l'on voyait encore pousser de sincères gémissemens
et verser de véritables larmes, il n'y avait que trop
d'ailleurs de quoi former et faire sentir le con-
traste. Mais si de là on descendait dans les appartemens de dessous, qu'on appelle *les entre-sols*,
c'est en ces endroits qu'on pouvait prendre une
véritable idée de la disposition des cœurs et des
esprits. La magnificence, bannie de tout le reste
du palais, en avait fait son asyle. L'or, la pourpre, la broderie, les ornemens somptueux, en
faisaient un lieu de délices : le luxe y était dans
toute sa profusion. Je ne pouvais y entrer, moi et
un petit nombre de vrais Français, sans sentir
déchirer mon cœur du plus violent dépit, de voir
quels objets on substituait ainsi à celui de la perte
publique. J'ai honte de dire que tout l'artifice
dont on usait, pour dérober aux yeux du public
ce spectacle d'insensibilité et d'ingratitude, ne se

décelait que trop souvent par les éclats de rire,
par les épanchemens de joie, les chants d'allégresse
qu'on entendait partir de ces endroits ; aussi n'é-
taient-ils remplis que de gens heureux, ou qui
croyaient l'être. C'est là que résidait la vraie cour, et
que se tenaient les conseils, soit généraux, qu'on
donnait encore à la coutume et à l'apparence, soit
cachés, où l'on savait bien détruire tout ce qui pouvait encore être pris de bonnes résolutions dans les
premiers ». *Mém. de Sully*, Tome 5 , page 153, éd.
de 1788.

## Note 17 , *page* 29.

..... et le peuple entend nommer Sully.

« Dans le cruel abattement où me jetait la nou-
» velle de la mort du Roi, mon cher maître ( dit
» Sully lui-même dans ses *Mémoires*), je pensai
» qu'il se pouvait bien faire que, quoique blessé à
» mort, il lui restât encore quelque peu de vie : et
» mon esprit embrassant avidement cette faible
» lueur d'espérance et de consolation : Qu'on me
» donne mes habits et mes bottes, dis-je à ceux qui
» étaient auprès de moi ; qu'on me fasse seller de
» bons chevaux , car je n'irai point en carosse ;
» et que tous mes gentilhommes se tiennent
» prêts ; je veux aller voir ce qui en est. etc. »
Il sortit en effet à l'instant même, et traversa
une partie de la ville, au milieu des flots tou-

jours croissans d'un peuple au désespoir , qui versait des pleurs, poussait des cris et *se frappait la poitrine.* Mais l'ami de Henri IV. n'alla point jusqu'au Louvre , comme on le suppose ici. Effrayé par les avis qui lui venaient de tout côté , par les billets anonymes qu'on jetait dans les rues sur son passage, il se retira dans la Bastille , dont il était gouverneur. Dans le trouble que lui causèrent et l'assassinat du Roi , et les avertissemens qu'on lui donnait, il fit plus que laisser échapper quelques paroles d'effroi , et montrer aux yeux du peuple les signes d'une douleur suspecte à *la nouvelle cour.* Chacun disait chez lui : Que la *France était perdue, livrée à la faction espagnole,* et que *les gens qui avaient fait assassiner le Roi ne s'arrêteraient pas là.* Sully se fortifia dans la Bastille , « Envoyant en même temps ( si l'on en croit » Bassompière ) enlever tout le pain qu'il put » trouver aux halles et chez les boulangers. Il dé- » pêcha aussi en diligence vers M. de Rohan , son » gendre, pour lui faire tourner tête avec 6000 » Suisses qui étaient en Champagne, et dont il était » colonel-général, et marcher droit à Paris ; ce » qui fut depuis un des prétextes que l'on prit » pour l'éloigner des affaires........»

Voyez les *Mémoires du Maréchal de Bassompière ,* l'Auteur de *l'Histoire de la Mère et du Fils ,* etc.

Sully n'avait guère que cinquante ans lors de l'assassinat de son maître. C'était aussi à peu près l'âge qu'avait l'Amiral de Coligni , quand Voltaire lui fait dire :

Et de mon sang glacé souillez ces cheveux blancs
Que le sort des combats respecta quarante ans.

Sully , parlant à un jeune homme , pouvait donc lui montrer ses cheveux blancs, avec autant de raison , ce me semble , que l'Amiral à ses meurtriers.

FIN.